AF357363

VENTE

Du Lundi 14 Décembre 1903

HOTEL DROUOT, SALLE N° 8

à 2 heures 1/2

TABLEAUX

MODERNES & ANCIENS

AQUARELLES — DESSINS — GRAVURES

MINIATURES

BRONZES, FAIENCES, PORCELAINES

COMMISSAIRE-PRISEUR

Mᵉ LÉON TUAL

EXPERT

M. MOLINE

CATALOGUE

DE

TABLEAUX

MODERNES ET ANCIENS

AQUARELLES ET DESSINS

PAR

BERCHÈRE, BOUDIN, CHAIGNEAU, CHARPIN, DEFAUX,
FEYEN-PERRIN, TH. FRÈRE, GUILLOUX,
INNOCENTI, JAPY, PALIZZI, PEZANT, ALF. STEVENS, DE THOREN,
TROUILLEBERT, DE VUILLEFROY, YON, ETC., ETC.

GRAVURES, MINIATURES, PORCELAINES, FAIENCES

Bronzes de BARYE

DONT LA VENTE AURA LIEU

HOTEL DROUOT, SALLE N° 8

Le Lundi 14 Décembre 1903

à 2 heures 1/2

COMMISSAIRE-PRISEUR	EXPERT, POUR LES TABLEAUX
Mᵉ LÉON TUAL	**M. MOLINE**
56, rue de la Victoire	20, rue Laffitte

EXPOSITION PUBLIQUE

Le Dimanche 13 Décembre 1903, de 1 h. 1/2 à 5 h. 1/2

CONDITIONS DE LA VENTE

Elle sera faite au comptant.

Les acquéreurs paieront *dix pour cent* en sus des prix d'adjudication.

L'exposition mettant le public à même de se rendre compte de l'état et de la nature des objets, il ne sera admis aucune réclamation une fois l'adjudication prononcée.

Paris. — Imp. de l'Art, E. Moreau et Cⁱᵉ, 41, rue de la Victoire.

DÉSIGNATION

TABLEAUX

AQUARELLES, DESSINS

BERCHÈRE

1 — *Caravane dans le désert.*

> Haut., 67 cent.; larg., 41 cent.

BOMBLED (Ch.)

2 — *Chasse à courre.*

Peinture.

> Haut., 65 cent.; larg., 54 cent.

BOUDIN (E.)

3 — *Étude de cheval.*

Peinture.

> Haut., 23 cent.; larg., 16 cent.

BOUDIN (E.)

4 — *Quai, bords de la Seine.*

    Peinture.

        Haut., 24 cent.; larg., 14 cent.

BOUDIN (E.)

5 — *Environs de Trouville.*

    Pastel.

        Haut., 20 cent.; larg., 14 cent.

BOUDIN (E.)

6 — *Le Soir.*

    Pastel.

        Haut., 17 cent.; larg., 11 cent.

BROWN (John Lewis)

7 — *En Promenade.*

    Peinture.

        Haut., 25 cent.; larg., 14 cent.

CHAIGNEAU (Ferdinand)

8 — *Troupeau en marche le matin.*

    Aquarelle.

        Haut., 22 cent.; larg., 16 cent.

CHARPIN

9 — *Aux Champs.*

Peinture.

Haut., 46 cent.; larg., 38 cent.

DEBAT-PONSAN

10 — *Attelage de Bœufs, abreuvoir.*

Peinture.

Haut., 33 cent.; larg., 24 cent.

DEFAUX (A.)

11 — *Pommiers en fleurs.*

Peinture.

Haut., 55 cent.; larg., 46 cent.

DELACROIX (Genre de)

12 — *La Captive.*

Peinture.

Haut., 49 cent.; larg., 34 cent.

DUPRAT

13 — *Venise.*

Haut., 40 cent.; larg., 25 cent.

ÉCOLE MODERNE

14 — *Paysage avec figures.*

> Haut., 21 cent.; larg., 16 cent.

ÉCOLE ANCIENNE

15 — *Tête de vieillard.* École Espagnole.

Peinture.

ÉCOLE ANCIENNE

16 — *Vierge.*

Attribué au Guide.
Peinture.

ÉCOLE ANCIENNE

17 — *Vierge.* École Italienne.

ÉCOLE ANCIENNE

18 — *Marine.*

Peinture.

DIDIER (J.)

19 — *Dans la Montagne, paysans italiens.*

Aquarelle.

> Haut., 33 cent.; larg., 24 cent.

FEYEN-PERRIN

20 — *Femme nue.*

Etude.

Haut., 41 cent.; larg., 23 cent.

FRÈRE (Th.)

21 — *La Caravane.*

Peinture.

Haut., 33 cent.; larg., 24 cent.

GÉROME

22 — *L'Amour mouillé.*

Dessin.

Haut., 26 cent.; larg., 22 cent.

GIRARDET

23 — *Dessin.*

GIRAUD

24 — *Chiens de meute.*

Peinture.

Haut., 55 cent.; larg., 38 cent.

GITTARD

25 — *Paysage.*

Haut., 33 cent.; larg., 24 cent.

GUILLOUX (Cн.)

26 — *Ile d'Herblay.*

27 — *Le Trocadéro.*

28 — *Crépuscule. Ile de Chatou.*

29 — *Levée de Lune en Bretagne.*

HAREUX

30 — *Paysage.*

Peinture.

Haut., 60 cent.; larg., 55 cent.

INNOCENTI

31 — *Jeune Ménage, intérieur.*

Peinture.

Haut., 34 cent.; larg., 23 cent.

INNOCENTI

32 — *La Bergerie.*

Peinture.

Haut., 27 cent.; larg., 19 cent.

INNOCENTI

33 — *Jeune Fille italienne et Cardinal.*

Peinture.

Haut., 33 cent.; larg., 24 cent.

JAPY

34 — *Pommiers en fleurs.*

Peinture.

Haut., 41 cent.; larg., 31 cent.

LEROY

35 — *Jeunes Chats.*

Peinture.

Haut., 46 cent.; larg., 38 cent.

LUDOWIK (Ch.-Louis)

36 — *Marine.*

Peinture.

Haut., 65 cent.; larg., 49 cent.

LUDOWIK (Ch.-Louis)

37 — *Marine.*

Peinture.

Haut., 65 cent.; larg., 49 cent.

MICHEL (Atribué à)

38 — *L'Orage.*

Peinture.

Haut., 93 cent.; larg., 74 cent.

PALIZZI

39 — *Paysanne assise.*

Peinture.

PALIZZI

40 — *Faucheur.*

Peinture.

PEZANT

41 — *Vaches, paysage.*

Haut., 41 cent.; larg., 33 cent.

PRUD'HON (École de)

42 — *Femme et Amour.*

ROY

43 — *Trompette de chasseur à cheval.*

Peinture.

Haut., 35 cent.; larg., 27 cent.

SCHOUTEN (Henry)

44 — *Chiens de chasse épagneuls.*

Peinture.

Haut., 65 cent.; larg., 55 cent.

SOMM (Henry)

45 — *Jeune Femme au bibelot japonais.*

Aquarelle.

Haut., 21 cent.; larg., 16 cent.

SOMM (Henry)

46 — *Jeune Femme.*

Aquarelle.

Haut., 30 cent.; larg., 19 cent.

STEVENS (Alfred)

47 — *Marine.*

Peinture.

Haut., 33 cent.; larg., 24 cent.

SURÉDA (André)

48 — *Rue de village.*

Aquarelle.

Haut., 30 cent.; larg., 23 cent.

THOREN (O. de)

49 — *Pâturage.*

Peinture.

Haut., 33 cent.; larg., 24 cent.

TROUILLEBERT

50 — *Paysage.*

Peinture.

Haut , 24 cent.; larg., 19 cent.

TROUILLEBERT

51 — *Paysage, avec moulin.*

Peinture.

Haut., 34 cent.; larg., 26 cent.

VILLA (E.)

52 — *Soubrette.*

Peinture.

Haut., 27 cent.; larg., 19 cent.

VUILLEFROY (DE)

53 — *Vache au repos.*

Peinture.

Haut., 24 cent.; larg., 17 cent.

YON (EDMOND)

54 — *Paysage avec figures. Printemps.*

Peinture.

Haut., 70 cent.; larg., 54 cent.

55 — Lot de gravures. (Sera divisé.)

BRONZES, PORCELAINES

FAIENCES, MINIATURES

56 — BARYE. Panthère dévorant un lièvre. Beau bronze.

57 — BARYE. Levrier. Bronze.

58 — Coupe bronze.

59 — Miniature ancienne : Jeune Fille.

60 — Boîte ancienne, en ivoire, avec miniature.

61 — Pendule Louis XVI.

62 — Lot de porcelaines et faïences. (Sera divisé.)